Emily Myles

Édition : BoD · Books on Demand,
31 avenue Saint-Rémy, 57600 Forbach, bod@bod.fr
Impression : Libri Plureos GmbH, Friedensallee 273,
22763 Hamburg (Allemagne)
ISBN : 978-2-3225-7397-4
Dépôt légal : Février 2025

J'arrivais au Bodérin, crêperie de mon enfance. C'est drôle que mes amis aient choisi cet endroit pour ma fête de bienvenue. Je me rappelle encore jouer à chat sur les quatre bottes de paille ou à chat-perché sur les arbres dont je découvrais qu'il ne subsistait que des cimes. Tiens, ils en ont replanté. Je me trouvais devant la porte. Je pris un comprimé de cyamémazine pour faire redescendre la pression. A l'intérieur, rien n'a changé. Le fait que je venais tous les ans depuis ma naissance commençais à se voir sur le visage de la réceptionniste. Mais cela faisait trois ans que je n'étais pas venu. Je retrouvais à la table dix-sept de mes amis de la formation de guide-conteur à laquelle je participais depuis janvier dernier. Clara que j'affectionnais bien était venue. Elle avait des cheveux d'ébène, des lunettes assorties et une petite bouille qui tenait les émotions négatives à l'écart. Je fus acclamé (bien que je ne sache pourquoi. En quoi est-il si important que je vienne ?), et nous avons commandé. Je voyais que je n'avais pas perdu mes habitudes de l'endroit : « Une jambon-œuf, s'il vous plaît

», dis-je au serveur. Nous discutâmes de tout et de rien. Un moment, j'entendis qu'on parlait d'un roman nouvellement populaire d'une mystérieuse Kela Nisrey dont on ne trouvait rien sur Internet. Cela me fit sourire. Je ne disais pas grand-chose. Je n'avais pas grand-chose à dire. Je me fis discret pensant à ma nouvelle vie, mon nouveau départ. Clara remarqua mon silence et puisque c'était visiblement le sujet de leur discussion, elle me posa la question : « Et toi, Alek, quelles sont tes aventures palpitantes ? » « Je n'ai jamais combattu de Dragon, si c'est ce que tu veux savoir » lui répondis-je. Elle rétorqua : « Non, je parle de relations amoureuses. » Je leur fis remarquer qu'ils n'avaient pas envie d'entendre cette histoire. Ils insistèrent. Enfin, je cédai en me disant que raconter cette histoire une dernière fois pourrait m'aider à clore le passé. « C'est la dernière fois, après c'est fini » Me dis-je intérieurement. Alors je commençai mon récit. Tout le monde se tût.

Cela remonte à il y a trois ans. Je faisais ma première année de licence. Je voulais être prof d'Histoire-Géo à l'époque. Trois ans auparavant (donc ça fait six ans) la série *Mercredi*, réalisée par Burton sortait. J'étais tout de suite fan, mais sans plus. Puis la saison 2 parut sur les petits écrans. Je profitais de ma nouvelle condition de jeune étudiant pour aller à la convention de la saison deux. Là je la vis en vrai. Je l'avais déjà vu à la télé mais ce n'était pas le même effet. Là je la voyais telle qu'elle était : plutôt petite, cheveux châtains et coupés en carré au niveau des épaules. Elle avait une peau pâle, des yeux en amande et d'un bleu... Si vous aviez vu ce bleu en vrai. Elle était fine et ces pieds étaient si petits. Lors des interviews, nous (les fans de la série) étions assis dans une enceinte en arc de cercle. J'avais une bonne place. La place où le projecteur formait une auréole de lumière autour de sa tête. J'en étais persuadé, c'était un ange tombé du ciel. Imaginez comme je l'admirais. Un ange était en face de moi et je ne pouvais que sourire. Je tentais de la rejoindre à la fin de la journée, en vain. En même temps, me disais-je, qu'aurais-je bien pu lui dire ? J'avais un niveau d'anglais moyen, pour un français, et c'est loin d'être suffisant pour tenir une conversation avec une états-unienne native. Je rentrai chez moi, envahi d'un sentiment d'avoir un but dans la vie. Un sentiment si fort que je ne pouvais penser qu'à ça, qu'à elle avant de m'endormir. Je me suis demandé si c'était un rêve. Si c'en était un, je ne voulais pas me réveiller. Son nom : Emily Myles.

***

Dès lors, j'étudiais l'anglais comme aucun désireux de devenir bilingue ne l'aurait fait. Croyez-le ou non, j'avais 20 de moyenne en anglais aux deuxièmes et troisièmes trimestres. Mon nouvel objectif était de devenir prof aux Etats-Unis d'Amériques. En parallèle de mes études, sur mes temps libres : pause du midi, permanences, et le soir avant d'aller me coucher, j'en apprenais un maximum sur elle. Ainsi, j'apprenais au fur et à mesure des mois qu'elle mesurait précisément 1m60, qu'elle était née le 2 Avril 2002, qu'elle avait trois sœurs : Texa (surnommée « Tex » et dont je n'avais pas trouvé beaucoup d'informations), Emily était deuxième, puis Elizabeth (surnommée « Izzy ») et enfin Olive. Ses parents étaient Jeremia K. Myles et Christine N. Myles, née Cassimatos. Emily avait par sa mère une origine grecque. Emily était née à Orlando, Floride. A partir de huit ans, elle a joué dans des court-métrages, des pubs et quelques films et séries. En 2018, sa famille déménagea à Atlanta, Géorgie. Elle se professionnalisa dans le cinéma la même année. Plus tard (je ne sais pas trop quand), elle emménagea à Los Angeles, Californie. Sans dévoiler toute sa filmo, depuis *Mercredi* en 2022, elle a joué dans *Family Switch*, *Southern Gospel*, *Mercredi 2*, *Minecraft*, *Meurtre Mode d'Emploi* et *Star Wars X*. En fait, je me rends compte que je ne connaissais pas tant de choses que ça sur elle à l'époque. Quoi qu'il en soit, je voulais la conquérir. Je me suis mis à écrire de la poésie pour m'encourager. Après, j'ai répertorié toutes les données provenant d'elle : photos, extraits de vidéos pris en screenshot… Le seul réseau social où elle était c'était Instagram. A chaque fois qu'elle postait un truc, je l'entreposais. Chaque story, chaque publication d'octobre 2025 à décembre 2027 atterrissait dans ma clé USB. Vous allez me prendre pour un fou, un tordu et vous allez me demander quand est ce que je l'ai tué, don't ya ? Désolé. Une expression qui est restée. Je ne l'ai pas tué. Je ne pensais pas à mal. J'étais juste un amoureux passionné qui n'y connaissait rien à l'amour et qui pensait que tous les couples faisaient ça : admirer méticuleusement chaque détail de chaque photo, chaque trait de son visage, chaque ride, chaque cil, chaque dent, chaque cheveu… Je ne suis pas fou. J'étais amoureux.

***

A la fin de l'année, j'ai demandé mon transfert dans une université de Los Angeles. J'informai mes parents que c'était parce que je me sentirais plus utile en transmettant la culture française à des étrangers que la culture française à des français. C'était un prétexte, évidemment (bien qu'il y ait une part de vérité) et je ne voulais qu'une chose :

le cœur d'Emily. Je partis donc à Los Angeles en juillet 2026. J'avais trouvé un appartement en collocation avec un latino gay assez maniéré du nom d'Hernan Grandes. Je me fis rapidement une situation stable. Presque précaire, mais stable. Je vivais de la bourse que j'avais décroché et des quelques économies que j'avais commencé à faire avant mon départ (plus un ou deux milliers d'euros transformés en dollars que j'avais sur mon livret A).

Dès août, j'envoyais des messages à Emily via Instagram donnant rendez-vous au Barnsdall Art Park. J'avais mis une chemise blanche et un pantalon noir. Je m'étais lavé le matin et arrangé mes cheveux. Enfin, je m'étais aspergé un peu de parfum, un de ces parfum avec de l'hédione qui « font craquer n'importe quelle fille » selon la description. Du n'importe quoi bien sûr, mais j'avais fait des recherches au préalable et il est vrai que la molécule hédione a des propriétés aphrodisiaques. J'arrivai à 17h55 et le rendez-vous était à 18. J'attendis cinq minutes, puis dix, puis trente, puis une heure passa. Je crois que vous vous en doutez bien, elle n'était pas venue. Je repartis à 19h15. Je n'étais pas déçu. Je savais qu'elle n'allait pas venir. Et je savais qu'elle n'allait pas venir les fois suivantes. Je répétais quand même l'opération toutes les deux semaines, même jour, même endroit, même heure. Durant cette période, j'écrivis quelques nouvelles et deux-trois textes parlant d'elle. En fait, c'est l'écriture qui me raccrochait à elle. J'avais l'impression de me rapprocher d'elle à chaque mot. Je me suis découvert une réelle passion et un réel talent pour écrire. J'aimais déjà écrire lorsque j'imaginais les scénarios de jeux de rôles que je faisais jouer les étés à mes cousines. Mais là on était à un level au-dessus. J'écrivais dès que je le pouvais.

Les vacances prirent fin et laissèrent place à la rentrée scolaire. J'avais prévu que j'allais avoir cours du lundi au vendredi. J'avais alors pris soin depuis le début de caler les rendez-vous au Barnsdall Art Park le samedi. Je ne me faisais pas rapidement d'amis mais les autres étudiants étaient sympas. Je restais dans mon coin. C'était une politique que j'avais adopté dès le lycée : Je ne dérangeais pas les autres et les autres ne me dérangeaient pas.

Les semaines passèrent, les rendez-vous échoués se succédaient, mais je ne perdais pas espoir. Peu importe le temps que ça prendrait. Je m'étais conditionné mentalement à me dire qu'elle ne viendrait jamais, que c'était impossible. Et j'avais raison au fond. Enfin, jusqu'à octobre. Je ne comptais pas les rendez-vous. Il venait de pleuvoir et je venais comme à ma nouvelle habitude au Barnsdall Art Park à 17h55. Au bout de dix minutes, je voyais à l'entrée du parc une silhouette familière. Une femme, petite, blanche et d'une sublime beauté. Elle était venue ! Pourquoi maintenant ? Pourquoi tout court ? N'y croyant qu'à moitié, je repris mes esprits et commençai à m'avancer vers elle. « B… Bonjour, lui dis-je, en anglais, v… Vous cherchez quelqu'un ? » « Je ne sais pas, me répondit-elle. En fait, je ne sais pas ce que je fous là... » Avant qu'elle n'ait pu dire quoi que ce soit d'autre, je lui tirais une révérence un peu maladroite en lui disant « Je suis Alek Yersin, et je suis tombé amoureux de toi. Tu vas sûrement me prendre pour un malade ou pour un énième fan fou à l'idée de te voir, mais non. Je ne veux pas d'autographe, pas de photo, seulement te donner quelques objets et tu pourras faire de moi ce que tu veux. » Elle me paraissait parfaitement indifférente à cette déclaration impromptue mais cela ne m'a pas perturbé le moins du monde. J'enchainai vite avec les présents que je voulais lui donner. Il y avait là un collier en or blanc incrusté d'une améthyste ainsi que trois enveloppes dans lesquelles j'avais glissé mes plus belles poésies six mois auparavant. Elle les accepta (je suppose que c'était pour être polie) et me dit : « Je ne m'attendais pas à ça. Tu as dit que je pouvais faire de toi ce que je voulais, c'est ça ? » J'acquiesça en me repenchant. « Eh bien... Tu vas tuer quelqu'un pour moi. » Avais-je bien entendu ce que j'avais entendu ? je me redressai de stupeur et, chose rare, je la regardais droit dans les yeux. C'est alors qu'elle s'esclaffa « Non je te fais marcher. Mais reviens ici, même heure, même jour au cas où je repasserais. Merci pour les cadeaux ! » Elle termina par un sourire et s'en alla. Je restai planté comme un piquet pendant bien cinq minutes à regarder dans le vide. Elle m'avait souri. Je n'en revenais pas, elle m'avait souri. Le plus doux et le plus sincère des sourires, aussi bref qu'une parole et aussi lumineux qu'une étoile. Là non plus je ne pouvais plus me sortir ce sourire de la tête.

La semaine suivante, je m'étais préparé exactement comme les autres fois et, maintenant que j'en avais l'habitude, j'arrivai à 17h55. J'attendis cinq minutes, puis dix, puis vingt. Je repartis une heure et quart plus tard, pas vraiment déçu, mais un petit peu contrarié par ce faux espoir qu'elle m'avait fait vivre. Cependant, comme à son ordre, je revins la semaine suivante et celle d'encore après, et encore. La troisième semaine après sa première venue, elle revint. Je lui avais cette fois apporté un bracelet en or doré, ainsi que d'autres de mes poésies.

La semaine d'encore après, elle revint. Une question me taraudait. Je lui donnai ses cadeaux et lui demandai : « Pourquoi est-tu venue ? Je veux dire, non pas que ça ne me plaise pas, mais qu'est-ce qu'une fille de ta classe sociale peut trouver à un gars comme moi ? » « Premièrement, arrête de m'offrir des cadeaux. Je vais commencer à me sentir gênée. Deuxièmement, c'est une question hyper indiscrète. J'ai mes raisons, c'est tout. » « Désolé pour la franchise de ma question. Il faut que tu saches que je suis autiste Asperger et il peut m'arriver d'être socialement gênant car je ne sais pas trop prendre de détour. » « Tu es autiste ? Je ne l'aurais jamais deviné. » « Es-tu sarcastique ? » « Non pourquoi ? » « J'ai également du mal à comprendre le second degré. » « Mais tu n'as pas l'air… Différent… Comment expliquer… ? » « Non, c'est un handicap invisible. Ça existe aussi. » « Eh bien, Alek Yersin, tu es rempli de surprises »

Nous nous mîmes à nous voir régulièrement et elle venait à présent toutes les semaines. Nous discutions de nous, mes poèmes, sa carrière, ma famille, sa réussite… Au bout d'un mois, nous commencions à nous voir au resto et si elle venait d'abord en blouson et jean, j'eu la surprise début décembre de la découvrir en robe chic. Impossible d'exprimer à quel point elle était belle, impossible de dire à quel point je l'admirais. Ceci dit, elle s'est sûrement dit que ça ferait bizarre qu'un gars qui s'habille classe pour un rendez-vous galant voit une fille en tenue de tous les jours dans un des restaurants les plus chic de Los Angeles. Voilà comment on s'est vu d'octobre à décembre.

C'est à Noël que ma vie a pris un nouveau tournant.

***

Le soir du 24 Décembre, elle m'invita pour la première fois à dîner chez elle. Elle habitait dans un appartement du centre-ville. J'avais l'habitude de monter les immeubles à pied alors je pris les escaliers. Elle avait laissé la porte ouverte pour que je puisse entrer. Dès le vestibule, ça sentait les noodles et les nems. Son chat Ybrog vint me voir et me sentir. Je sentais certainement l'hédione, qui ne devait pas lui être connu. « Salut toi. Ybrog c'est ça ? Quel nom étrange. » Lui dis-je. Je le caressai brièvement avant d'enlever mes affaires. Je trouvai Emily à côté du micro-ondes en train de scroller. « Salut. » Dis-je calmement. Elle leva la tête de son téléphone et répondit tout aussi paisiblement : « Salut. T'as trouvé facilement ? » « Mmh, je ne trouve pas de plaisanterie à faire sur cette phrase donc je vais dire que oui, j'ai trouvé facilement. » Elle rigola un peu. Puis le micro-ondes sonna et nous passâmes à table. « Pourquoi cet étrange nom d'Ybrog ? » Lui demandai-je. « Ça, c'est un secret entre lui et moi. » Me répondit-elle. Le repas passa et nous discutions des choses habituelles. Elle me paraissait plus heureuse. Elle souriait, riait pour pas grand-chose, un peu comme moi à chaque fois que je la voyais. Elle m'avait habitué à une certaine froideur, mais pas désagréable, juste, elle ne montrait pas ses émotions. Mais là, elle était chaleureuse, vivante. Et c'est compréhensible quand on sait ce qu'elle me préparait.

Le repas se termina par une mousse au chocolat industrielle. Elle découvrit là mon habitude de battre la mousse pour la liquéfier. « En fait, je trouve dommage les bulles d'air dans la mousse, le pot n'est rempli qu'à moitié. Et je trouve que lorsque je touille, la texture ressemble à celle de la pâte à gâteau de ma grand-mère. » Lui expliquais-je. « Mais les bulles c'est le principe même de la mousse, rétorqua-t-elle. En fait t'aimes pas la mousse. » « En fait je n'aime pas la mousse. » Nous riions un peu. Je lui demandai de me rappeler de lui faire un « *Chocomamie* » à l'occasion. Puis je sorti de mon sac une petite boîte et quelques enveloppes. Il s'agissait d'une bague et de poèmes. Mon intention n'était pas de la demander en mariage (ce que je lui expliquai) mais de lui offrir un cadeau original. « J'␣t'avais dit d'arrêter de m'offrir des trucs. » Elle souriait tout de même. « Oui, je sais, m'enfin je me suis dit c'est la première fois que tu m'invites chez toi, je voulais marquer le coup. » « T'es incorrigible. Au fait, j'ai un problème dans ma chambre, me fit-elle savoir en s'y dirigeant. Tu viens ? » « Hum… Oui, dis-je en retour en la suivant. Mais je te préviens, je n'y connais absolument rien en mecan… » Je n'eus pas le temps de terminer ma phrase qu'elle m'embrassa. Le baiser était doux, tendre, lent. En fait, elle fit tout le travail, je n'y connaissais rien. Eh oui, jusqu'à mes vingt ans, je n'avais jamais embrassé quiconque de toute ma vie, et encore moins avec la langue. Maintenant que j'y pense, j'ai dû embrasser comme un cheval, cela n'a pas dû être agréable pour elle. Ensuite, elle me dit en français avec un très mignon petit accent anglophone : « *Merde, voulez-vous coucher avec moi ce soir ?* » Désorienté, je lui répondis en anglais : « J'adorerais, mais sais-tu au moins ce que tu viens de dire ? Il y avait tout de même un gros mot. » « Oui je sais et je suis sérieuse. De toute façon, c'est tout ce que je sais dire en français. Alors ? » « Eh bien, hum… Oui, euh… Je devrais t'avouer un truc avant. » Je mis ma bouche près de son oreille et lui chuchota : « Je n'ai jamais fait l'amour de ma vie. »

Elle fut surprise au début, puis elle sourit, avant de poser un autre baiser sur ma bouche. Nous nous déshabillâmes, vêtement par vêtement, entrecoupé de baisers et de rires. Elle me guida pendant tout l'acte. De gestes calmes et posés, elle me contrôlait. Pour la première fois, je la connaissais entièrement. Je découvris la beauté parfaite, la pureté de ses formes, et la douceur de sa peau. J'appris le goût de ses lèvres, la chaleur de son corps, la blancheur de ses jambes, la sérénité de ses mains, l'éclat de son sourire, et le bleu de ses yeux. Nous arrêtâmes les pénétrations lorsque nous usâmes tous les préservatifs de la maison. Alors, nous nous allongeâmes blotti l'un contre l'autre. Nous nous abreuvions de mots doux, de mots d'amour, nous nous caressions de tendres gestes et nous nous embrassions jusqu'au sommeil.

***

Je me réveillais enlacé par celle que j'aimais. Avais-je atteint le paradis ? Je n'osais pas me lever de peur de la réveiller. Je contemplais son profond sommeil et posais ma main sur sa joue. Soudain, les paroles d'une vieille chanson de Francis Cabrel me traversèrent la tête : « Moi, je n'étais rien, et voilà qu'aujourd'hui, je suis le gardien du sommeil de ses nuits, je l'aime à mourir, je l'aime à mourir. » Je ne pouvais dire un mot donc je disais dans ma tête tous les mots doux du monde. Je voulais tant qu'elle sache à quel point elle était aimée.

« Joyeux Noël, Rayon-De-Soleil. Tu as bien dormi ? » lui murmurais-je à son réveil. « Oui. Merci. Ça fait combien de temps que tu m'observes ? » « Mmh... Trois, quatre heures ? Non, je plaisante. Je dirais une dizaine de minutes. » « Pourquoi tu t'es pas levé ? » « Je ne voulais pas te réveiller. Et puis je voulais admirer ton visage qui rêve. » « T'es mignon. » « Je vais aller préparer le petit-déjeuner. Surtout, tu ne te lèves pas. » Elle ria en me regardant aller dans la cuisine.

Le 25 décembre, chacun s'était débrouillé pour offrir un cadeau à l'autre. Je lui offris le nouveau *Battlefront* qui venait de sortir sur *PS5*. Elle, m'offrit une voiture *Cars* que je n'avais pas (chose plutôt difficile tout de même vu la collection que j'avais amassé depuis plus de quinze ans).

***

Deux semaines s'étaient écoulées depuis notre première fois ensemble. Elle m'avait donné rendez-vous une seconde fois chez elle (sans doute pour réitérer l'expérience). J'avais cette fois acheté un bouquet de fleurs. Je me trouvais sur le palier et, tiens, la porte est fermée. Sûrement un coup de vent. Je sonnai. A ma grande surprise, un homme en peignoir m'ouvrit. « Qu'est-ce que vous voulez ? » Me demanda-t-il d'un air dédaigneux. Alors qu'il me toisait du regard, je lui rétorquai : « Je voudrais voir Emily. » « Comment est-ce que vous savez qu'elle habite ici ? » Ses questions m'énervaient de plus en plus. « Et vous, vous êtes qui ? » « Ben moi, j'suis son date ». Cette réponse me mit hors de moi. Je poussai violement la porte me fichant bien de qui était derrière. L'homme tenta de me retenir mais en quelques mouvements de coudes, je réussi à le dégager. Je me présentai devant la chambre d'Emily qui était la première pièce sur la droite. Elle y était, assise sous les draps de son lit. Elle mangeait un donut. Je jetai mes fleurs à ses pieds, ce qui lui fit lever le regard vers moi. Elle vira du blanc au rouge puis du rouge au pâle. Elle posa la pâtisserie et mit un pied à terre en bégayant quelques mots. « Tu peux m'expliquer ?! » Lui coupais-je la parole. « Oui... Non... Je... C'est compliqué... » « C'est compliqué. Donc on peut me prendre et me jeter après, tu crois que tu peux jouer avec mes sentiments ? A quoi tu joues ? Pourquoi tu fais ça ? » « Ah oui, parce que je suis en train de jouer ? Tu veux pas savoir combien de mecs j'ai sauté avant toi ! Je suis une femme libre, tu m'entends ?! Je fais ce que je veux de mon corps et si j'ai envie de baiser un autre, j'en ai le droit ! » L'autre homme rappliqua et demanda ce qu'il se passait. « Toi, vas-t-en. »

Répliqua-t-elle. « **TU ENTENDS ?!! ELLE T'AS DIT DE DEGAGER !!!** » Hurlai-je les poings serrés. L'autre homme sortit de l'appartement et laissa échapper un « salope ». C'en était trop. Je me précipitai vers cet abruti dans l'intention de le rouer de coups. Mais Emily me reteint, laissant son amant partir avec son peignoir. Je me retournai vers elle et lui dit, presque les larmes aux yeux : « Je sais que tu es libre. Je dis juste que l'autre soir comptait beaucoup pour moi. Ça ne veut donc rien dire ? J'étais juste un plan cul ? Il faut juste que tu saches que c'est plus pour moi. Je t'aime depuis tant de temps, ça ne peut pas être balayé comme ça en dix minutes. » « Désolée, Alek. Je… Je ne pensais pas que ça pouvait autant affecter quelqu'un. » « Au revoir, Emily, dis-je en me dirigeant vers la porte. Tu étais… La seule, mais la meilleure aventure que je puisse vivre. » « Alek, non, attends… » Je refermai la porte, ne voulant, ne pouvant écouter ce qu'elle avait à dire. Des larmes s'échappèrent et je redescendis l'escalier, profondément touché par cet évènement.

***

Deux autres semaines passèrent sans aucun contact avec Emily. Je m'étais décidé à partir pour de bon. Cependant, une chose me maintenait dans cette ville. Une force m'empêchait de quitter cette immense cité.

Je m'étais rendu au Barnsdall Art Park, lieu de notre première rencontre pour dire adieu au passé. Je pris un peu de terre que j'enroulais dans un papier pour dire symboliquement « J'ai vécu tout ça ». Suis-je sentimental ? Un peu. Me fais-je du mal ? Très certainement.

A l'entrée du parc, je me scotchai. Que faisait-elle ici ? Emily était au coin de la rue d'en face. Nos regards se croisèrent et les larmes me montèrent. Elle s'approchait et je voulais partir dans le sens opposé, mais mes jambes ne bougeaient pas. Et l'horreur se produisit. Tout alla très vite. Elle traversa la rue et une voiture la faucha à toute vitesse. Le chauffard ne s'arrêta pas, mais peu importe, mon corps s'élançai tout seul dans la direction de celui d'Emily, gisant sans vie au milieu de la route. J'appelais immédiatement les secours pleurant de tout mon être. Il n'y avait aucun témoin dans la rue. J'étais seul au milieu de la route avec Emily en Position Latérale de Sécurité. Mes mains et surtout son beau visage étaient couverts de sang. J'avais la tête qui tourne, mon souffle s'accélérait, et je me balançais pour me calmer, mais rien n'y faisait. Le meltdown était là. Je réussi avec grande difficulté à crier quelques mots de mon emplacement à l'ambulancier.

L'ambulance arriva quelques minutes après. Ils mirent Emily sous oxygène et tentèrent de me calmer, en vain. Ce n'est qu'à l'hôpital que je réussi à prendre ma cyamémazine. Je me calmai environs une demi-heure plus tard. A ce moment-là, la médecin chargée d'Emily vint me voire m'autorisant sa visite et me confirmant la stabilité de son état. Elle m'informa que son coma n'était que léger et qu'elle pouvait se réveiller dans trois heures maximum.

Je pris un siège et m'asseyais à côté de son lit. Je lui pris la main et marmonnais tout un tas de reproches à mon encontre. A chaque fin de sermon, je déposai un baiser sur ses doigts. Je pleurais, je baisais sa main, je lui caressais le front et ainsi de suite pendant un temps infini. Les secondes me parurent des heures. Des heures insupportables pendant lesquelles celle que j'aimais était entre la vie et la mort. Oui, je l'aimais encore. C'était ça qui me retenait ici : je n'ai jamais cessé de l'aimer.

Deux longues heures s'écoulèrent avant qu'elle ne commençât à bouger. Elle se réveilla doucement, pendant ce temps, j'appelais les médecins en charge d'elle. Nous repartîmes encore une heure plus tard le temps qu'elle récupère. Elle avait des pansements sur le front et le menton ainsi qu'un trauma à l'épaule et au poignet gauche, ce qui lui valut une attèle. Ce n'est qu'une fois sorti que je remarquai que ma main était entremêlée dans la sienne. Je lui jetai un coup d'œil et je vis qu'elle souriait, comme ce soir-là, là où j'avais accepté de lui donner une partie de moi-même.

***

J'étais aux petits ognons pour elle pendant son mois de convalescence. Elle eut droit à de nombreuses reprises au fameux *Chocomamie*, ainsi que tout un tas de pâtisseries de ma confection.

Un soir, elle m'appela pour l'aider à enlever son attèle. Je rappliquai aussitôt. Une fois l'attèle ôtée, elle me remercia d'un éblouissant sourire. « De quoi ? » Lui dis-je. « De tout. De t'être accroché dans des moments où n'importe qui aurait abandonné. Qui aurait cru qu'un banal étudiant puisse séduire une étoile montante du cinéma ? Je te remercie de m'avoir fait découvrir une aventure que je n'aurais jamais soupçonné. » « Que veux-tu dire par là ? » « Je veux dire… Je t'aime, Alek. J'aime ta façon de me faire rire, j'aime ta façon de remarquer le moindre détail, j'aime ta façon de ne pas abandonner au moindre petit problème… J'aime tout de toi. Je ne m'en étais

27

pas rendue-compte tout de suite, qu'est-ce que je dis, je me suis carrément voilé la face et, pour ne pas faire face à la vérité, je t'ai envoyé bouler et je me suis réfugiée dans des amants. Mais maintenant, c'est fini. Je te le dis : je t'aime. Et je comprendrais que tu ne m'aime plus ou même que tu te sois trouvé quelqu'un d'autre. » « Non, Emily. Je n'ai jamais cessé de t'aimer et je ne veux pas te perdre à nouveau. » A ces mots, je déposai un baiser sur ses lèvres, puis un deuxième et encore un, et encore un… Nous nous retrouvâmes cinq minutes après nus, dans le même lit. Nos deux chairs ne firent qu'une. Nous oubliâmes tous nos remords et nous réalisions l'amour que nous portions l'un pour l'autre.

Nous dînâmes aux chandelles, après quoi nous retournâmes sur le lit pour s'avouer tout l'amour du monde. Quand la fatigue s'installa, nous nous couchâmes, l'un contre l'autre, face à face, et nous nous échangeâmes des baisers et des « je t'aime » jusqu'à l'endormissement.

Lorsque je me réveillai, j'eu une impression de déjà-vu : Emily endormie en face de moi, je lui caresse la joue et j'ai cette chanson de Cabrel qui me trotte dans la tête. Sauf que cette fois-ci, Emily se réveilla presque en même temps que moi. « Salut, *Sparkle.* Tu as fait de beaux rêves ? » « *Sparkle ?* » « Oui. Tu es l'étincelle qui a mis le feu à mon cœur. » « T'es chou. Et toi, bien dormi, mon autiste préféré ? » « Toujours, lorsque je suis auprès de toi. » « Je t'aime. » « Je t'aime aussi. »

***

Plus tard dans le mois de février, une fête foraine s'installa non-loin de la ville. Emily et moi y allâmes de bon cœur. Je lui gagnai un énorme ours en peluche aux tirs à la carabine et nous nous dirigions maintenant vers la grande roue. Sur le chemin, quelqu'un me tapota l'épaule par derrière. Je me retournai et sans comprendre pourquoi ni comment, je me retrouvais à terre avec une grosse douleur à la joue. Puis on commença à me donner des coups de pieds dans le ventre. J'entendis Emily crier d'arrêter. Je tentai de me relever lorsque je pris un coup de pied dans la mâchoire et puis plus rien. Seulement une douleur de plus en plus grande et un goût de sang dans la bouche.

Je me réveillai à l'hôpital. Emily avait les mains sur le visage. « Qu'est-ce qui se passe ? » formulais-je difficilement. Emily me prit la main et appela les médecins. « Tu t'es fait tabasser. Mais tout va bien, rien de grave. » J'entendis à sa voix qu'elle avait pleuré.

Elle m'expliqua qu'il s'agissait d'un amant qu'elle avait quitté peu avant son accident et qui était venu se venger. L'homme a été arrêté par des passants et conduit au poste de police.

Emily fondit en larmes, s'excusant de milles manières. Elle se sentait responsable de cette bagarre car il s'agissait d'un amant qu'elle avait avant notre break. Je lui dis que ce n'était en rien de sa faute et que tout ça c'était du passé.

Ce fût à son tour de s'occuper de moi. Mais j'avais des blessures nettement moins graves. Je l'appelais tout de même souvent juste pour la voir.

***

Les semaines, puis les mois passèrent et je pense que notre couple n'eut jamais été aussi heureux. Nous avions oublié nos différents du passé et ignorions ceux de l'avenir. J'avais recréé un jeu que j'avais trouvé chez mon père il y a des années de cela. Le jeu *Lovebirds* consistait à ce que chacun des partenaires pioche cinq cartes parmi un paquet d'une trentaine environs et promettait de réaliser le défi inscrit dessus dans le mois qui suivait. Ce ne sont pas des défis compliqués, ça va du petit déjeuner au lit à la confection de son dessert préféré en passant par le visionnage d'une rom-com.

Ainsi durant le mois de mars, je la fis rire aux éclats trois fois en une journée, nous sommes allés voir un lever de soleil sur Long Beach, je lui ai préparé un bain moussant, j'eu droit à un petit déjeuner au lit entre autres choses.

Je lui offris également un petit extra le 2 avril pour ses vingt-cinq ans. Je lui avais préparé un dîner aux chandelles avec pour menu spaghettis-bolognaise, le plat le plus cliché des films romantiques. Nous discutâmes de ses projets de carrière. Elle m'annonça qu'elle comptait se présenter pour le casting du prochain *Spider-Man* sensé sortir dans quelques années. La discussion bascula sur quelles seraient les cinq pires choses qui pourraient nous arriver. En premier, je répondis la perdre elle. En deuxième me faire renvoyer de mon université. En troisième, perdre ma collection de voitures *Cars* 1:55. En quatrième, perdre la toute première voiture de cette collection, qui est *Dinoco Montgomery « Lightning » McQueen*, ou comme je l'appelais à l'époque « *Flash-McQueen-Quand-Il-Rêve-Qu'Il-Est-Chez-Dionco* », que j'ai eu à Noël 2010. En cinquième, perdre la vie. Je lui retournai la question et pour elle, ce serait me perdre,

perdre sa famille, être soumise, ne plus être actrice et ne pas être prise dans le prochain Spider-Man.

A la fin du repas, je lui donnai ses cadeaux. Puis je fis mine d'entendre un bruit. Je lui fis signe de rester sur sa chaise pendant que je me dirigeais vers sa chambre. Une fois à la porte, je me retournai. Je l'appelai et l'avertit qu'il y avait un problème dans sa chambre. Mais il n'en était rien. Dès qu'elle apparut en face de moi, je l'embrassai. Ensuite, le désir arriva et nous nous déshabillâmes. Nous passâmes une nuit passionnée, alternant préliminaires et pénétrations.

***

Les mois qui suivirent furent merveilleux. Emily et moi n'avions pas de routine ennuyante qui aurait pu fragiliser notre couple. Nous nous voyions à l'improviste et nous continuions le jeu *Lovebirds*. J'avais l'impression qu'Emily était plus belle à chaque fois qu'on se voyait. Il faut dire que j'étais plus amoureux à chaque seconde qui passait. Au mois de mai, elle me demanda de lui apprendre le français. J'acceptai avec joie et nous avions ainsi convenu des rendez-vous hebdomadaires programmés. Cela ne nous empêchait pas de surprendre l'autre chez elle/lui.

Tout semblait bien se passer. Nous avions oublié les balbutiements de notre histoire (qui remontaient à il y a six mois seulement). Je pensais qu'Emily avait enfin ouvert ne serait-ce qu'un peu sa coquille froide dans laquelle elle cachait toutes ses émotions. Je m'étais trompé. Je me demande quand est-ce qu'elle a arrêté de parler de ce qui lui faisait mal. A vrai dire, je ne me souviens même pas qu'elle m'ait déjà parlé de ces sujets-là. Je me rends compte que chacun de nous ne voulait parler que de bonheur pour conserver une bonne ambiance. Et l'épreuve dont je m'apprête à vous parler ne nous a pas servi de leçon.

***

C'était la fin du mois de juin. Nous avions rendez-vous chez elle pour une leçon de français. J'avais maintenant l'habitude de monter les cinq étages à pied. La porte n'était pas fermée, mais cette fois-ci, il se dégageait une forte odeur d'alcool. J'entendis des tintements de verre. Des bouteilles ? Emily n'avait pas pour habitude de boire sans une grande occasion. Ce n'était pas mon anniversaire et elle ne m'avait pas parlé d'un quelconque évènement. Quelque chose ne tournait pas rond. Je m'avançais et enlevais mes affaires sans plus de précipitation.

Dans le couloir, l'odeur devenait de plus en plus forte. Je fus surpris de retrouver Emily allongée sur le canapé une bouteille de bière à la main et six ou sept autres vides sur le sol.

« Ah, t'es là toi. D... Dis, t'as pas vu m... Mon grand-père ? » Dit-elle sans même me regarder. « Est-ce que tu es saoule ? » Lui répondis-je inquiet. « Saoule ? Moi ? Nooon. J'ai... J'ai juste descendu cinq bières... Six ? Ou peut-être sept. Peu importe. Je suis pas saoule. Regarde. » Elle se leva maladroitement et tituba quelques pas avant de perdre l'équilibre. Elle serait tombée sur la table basse si je ne l'avais pas rattrapée. « J'ai pas besoin d'ton aide, reprit-elle. J'vais très bien. J'ai juste un peu b… Beaucoup trop bu. Emmène-moi jusqu'à mon lit. » « Pourquoi t'es-tu mise dans cet état-là ? » « J'te l'ai dit. Je vais très bien » Je voyais tout de même quelques larmes couler sur sa joue

Nous nous assîmes sur le lit et elle posa sa tête sur mes genoux. Elle pleura abondamment et m'expliqua que son grand-père était mort d'un infarctus il y a cinq heures. Ne pouvant supporter la douleur, elle voulait perdre de sa mémoire les cinq dernières heures en buvant assez pour tomber dans le coma. Ce n'était pas une tentative de suicide, mais si elle n'avait pas arrêté, ça aurait pu la tuer. Elle s'endormit peu après et je me couchai avec elle pour la surveiller. Mais la fatigue prit le dessus et vers trois ou quatre heures du matin, je m'endormis.

Je me réveillai à 13h environs. Emily n'était plus en face de moi. Je la retrouvai dans le salon en train de mettre les bouteilles vides dans le bac à verres. Je remarquai qu'elle avait bu le reste de celle qu'elle n'avait pas terminé la veille. Elle lâchait quelques larmes. « Ça va ? » Lui demandai-je, sachant pertinemment que non. Je voulais plutôt savoir si ça allait mieux par rapport à la veille. « Oui, me répondit-elle en reniflant. Je suis désolée. T'aurais pas dû voir ça. Tu n'devrais pas subir ça. » « Non. C'est moi qui suis désolé. Je sais ce que c'est que de perdre un membre de la famille. Demande-moi ce que tu veux, je le ferais. » A mes mots, je senti les larmes monter. Mais je les reteins. Elle me répondit en souriant qu'elle voudrait bien un petit-dej.

L'enterrement se fit le mois suivant au Texas. Nous nous appelâmes très régulièrement pendant son séjour. Chaque appel finissait en pleurs, ce qui m'attristait au plus haut point. Mais elle teint le coup. Elle rentra après une semaine et nous passâmes la semaine suivante chez elle. A sa demande, j'avais pris quelques affaires pour « emménager chez elle » en quelques sortes. Un soir, elle me demanda « Tu… Tu veux acheter un appart' avec moi ? » « Tu veux dire… Qu'on emménagerait ensemble ? » Elle fit oui de la tête. La proposition me laissa un moment sans voix. Après plusieurs minutes de réflexion, j'acceptai. Enfin, je baisai sa main et lui fit savoir que je l'aimais. Elle sourit.

***

De juillet à octobre, nous visitâmes des tas et des tas d'appartements. Ma dernière année de licence avait commencé et nous avions retenu plusieurs logements mais aucun qui ne nous plaisait particulièrement. Nous en visitâmes un dernier avant d'aviser.

Un jeune homme nous fit visiter ce deux-pièces relativement petit, mais je trouvais qu'il avait pile la place qu'il faut pour deux personnes et un chat. Il était symétrique, ce qui me plaisais bien. L'entrée était sur la droite de ce qui était la pièce à vivre. Emily imagina installer un canapé pour séparer la salle à manger du salon. Sur le côté droit, il y avait deux portes : les toilettes et la cuisine. Sur le côté gauche, deux autres portes : la salle d'eau et la chambre. Il n'y avait pas de baignoire ni de « bar américain » dans la cloison de la cuisine. Mais c'était tout de même très bien. En plus, il n'était pas cher. Nous le prîmes immédiatement. C'était le coup de cœur de la journée.

C'est vers fin octobre-début novembre que nous finîmes d'installer nos affaires dans ce qui était notre nouveau chez-nous à tous les deux.

Cependant, à peine installés, une étrange atmosphère se mit en place entre nous. Comme si quelque chose n'allait pas, mais que personne ne voulait en parler. Je vis rapidement un éloignement évident. Elle avait refermé sa coquille, mais pourquoi ? Peut-être une routine s'était installée entre nous, mais laquelle ? J'ai essayé de changer, de pimenter notre couple. J'ai essayé *Lovebirds*, j'ai essayé le restaurant, j'ai essayé le dîner aux chandelles, mais aucun effet. Je me renfermai dans mes études et elle dans son boulot. Avec du recul, je me dis que nous avions enfin tout ce que nous désirions ensemble (sauf peut-être des enfants et un mariage, mais nous n'en étions pas encore à ce stade), et qu'aucun de nous ne voulait perdre tout ça. Alors, je ne sais comment, nous nous sommes éloignés et c'est ce qui a mis fin à notre couple.

***

Le 24 décembre, j'étais parti jouer à des jeux de rôles avec un groupe que j'avais trouvé sur Internet. Pour Noël, j'avais prévu de lui offrir une deuxième bague. Toujours pas pour la demander en mariage, mais pour fêter nos un an. Je rentrai en fin d'après-midi avec un bouquet de fleurs (toujours dans le but de briser une routine fantôme). Je voulu la surprendre, alors je rentrai à pas de loup. Je ne pris pas le temps d'enlever mon manteau, ma sacoche ni mes chaussures. Il n'y avait pas de lumière dans les toilettes et l'eau de la salle d'eau ne coulait pas. Peut-être dans la cuisine ? Non plus. Elle ne peut être que dans la chambre. Mais si elle faisait une sieste, il ne fallait pas la réveiller. J'entrouvris la porte de la chambre et glissai la tête. Ce que je vis dépassait tout ce que j'aurais pu imaginer. Je pensais qu'on avait dépassé ce stade depuis longtemps. Je la vis avec un autre homme dans notre lit. Ils s'embrassaient. J'entrai, déconcerté. Le bouquet de fleurs me glissa des mains sans que je ne tente de le rattraper. Je l'entendis qui lâchait un « *Holy shit.* » Je lui demandai pourquoi. Sans autre éclaircissement ni précisions de ma question. Juste « Pourquoi ? » Je vis les larmes monter dans ces yeux. L'autre homme ouvrit la bouche mais avant qu'il ne puisse dire mot, Emily le coupa par un « Toi, ta gueule. »

Je sorti de la chambre et me dirigeai vers la porte d'entrée. Emily sortit de la chambre en peignoir. « Alek ! Attends ! » lança-t-elle, mais je franchis la porte. J'appelai l'ascenseur qui ne tarda pas à arriver. Emily s'avança en pleurant à chaudes larmes. Elle essaya en vain de placer un mot devant l'autre. J'essuyai ses joues et lui dit « Tu vas dire que ce n'est pas à cause de moi. Mais je comprends. Je n'ai pas su te rendre heureuse, du moins pas assez. Je sais, je ne suis pas parfait, ni riche, ni états-unien, ni je ne sais quelle autre qualité que tu attendais peut-être d'un petit-copain. Je ne sais pas si je ne te convenais plus ou si je ne t'ai jamais convenu, mais ce n'est plus ça qui compte. Ce qui compte maintenant, c'est que tu te trouves quelqu'un qui t'aimera plus que moi et que tu aimeras au moins autant en retour. Je garderais un très bon souvenir de l'aventure que nous fûmes. Je veux seulement que tu trouves ce que tu n'as pas trouvé en moi. Je repasserais demain pour récupérer mes affaires. S'il te plaît, n'insiste pas, je voudrais que tu ne sois pas présente. »

J'entrai dans l'ascenseur et, juste avant que les portes ne se referment, Emily tomba à genoux, le visage dans les mains.

***

Voilà. C'était ça ma seule et unique aventure amoureuse que j'ai eue en vingt-et-un ans. Je suis rentré en France en décembre et j'ai entamé la formation de guide-conteur dès janvier. Et nous voilà à mon pot d'arrivée au Bodérin, crêperie de mon enfance.

La tablée me regardait avec de grands yeux. Il y eut un blanc pendant un instant. Clara prit la parole : « Mais ce que tu nous racontes, là, c'est le livre de Kela Nisrey. Nous on veut ton aventure. » Je souris et répondis « Je suis Kela Nisrey. Mettez ce nom à l'envers et cela donne Alek Yersin. » Tous m'assommèrent de questions « Tu peux me dédicacer mon livre ? » par-ci, « Est-ce que tu prévois d'écrire d'autres bouquins » par-là… Alors que je commençai à répondre à leurs questions, une jeune femme arriva à la table. Elle était plutôt petite, blanche, les cheveux châtains coupés courts mais pas trop non plus, de sublimes yeux bleus. Je restai bouche-bée.

« Alek… » Dit-elle. « Emily ? »

3. My love for you

Now, there's nothing of interest,

I only think of you,

Of all the actress on Wednesday, you are the best,

I fell in love with you.

Kela Nisrey, Livre I, Les Amours d'Emily, Volume 1.

<u>4. Love at first sight</u>

Your eyes are the ocean I like to drown myself
in,

Your hair is the forest I like to lose myself in,

My heart is the kingdom you are the queen.

I am an unknown who loves you,

It's hard to be so far away from you.

As soon as I saw you,

I loved you with all my being.

This morning,

I love you more than anything.

**Kela Nisrey, Livre I, Les Amours d'Emily,
Volume 1.**

73. I love you and I'll love you

Here's a new poem,

To tell you I love you,

When I see you, the world is not the same,

Around me I see only love, I see only you.

I'm only for you,

I hope you understand,

I love you,

I'll love you till the end.

I love you,

I love you like you can't imagine,

I love you like nobody loved you,

I dedicate these poems to you to begin.

Kela Nisrey, Livre IV, Les Amours d'Emily,
Volume 2.

<u>82. What if</u>

If that girl loved me,

If we knew each other,

If that girl saw me,

If we were lovers.

If you didn't exist,

I would never have found love,

There is no list,

Of all things I wouldn't have loved.

If I was next to you,

If you were next to me,

I'd be crazy about you,

You'd be my honey.

Kela Nisrey, Livre VI, Les Amours d'Emily,
Volume 3.

<u>89. Black light</u>

Blue the sky,

In your eyes,

What am I,

Ahead so much light ?

I see a black sun,

Bright black,

It's fun,

To see so much light in the dark.

Your eyes are the headlights of my nights,

Your laughing is the torch of my hearing,

Thinking of you lights up my nights,

You're my queen. Let me be your king.

Kela Nisrey, Livre VII, Les Amours d'Emily, Volume 4.

<u>113. My Sparkle</u>

I could damn myself,

Just for a kiss,

'Cause you're my half,

My light of sparks.

I'd do anything to be in your life,

To cuddle you a little,

'Cause I'm in love,

My Sparkle.

I could leave home,

To be with you,

Along the way, I won't be alone,

'Cause I think, and I'll always think of you.

Kela Nisrey, Livre VIII, Les Amours d'Emily, Volume 5.

<u>149. Holy love</u>

In your seeing,

I met love,

The arrow pierced my skin,

My heart fights for you, my love.

I miss words,

To say how much I love you,

Universe is too small,

To contain all my love for you.

You erased my torments,

I saw you too early,

But it wasn't my falt,

You emit an odor of sancticity.

Kela Nisrey, Livre XI, Les Amours d'Emily, Volume 6.

<u>159, Beautiful</u>

You're beautiful,

I love you like a fool,

You have my soul.

Kela Nisrey, Livre XIII, Les Amours d'Emily, Volume 7.

175. You are my owner

Your voice is like a music,

Your face is like a painting,

You are like doing magic,

There are so much sparkles in your seeing.

I love you so much,

It's miraculous,

Everything you touch,

Becomes precious.

You are the queen,

Masteress of my wishes,

Owner of my being,

Even though I speak Frensh.

Kela Nisrey, Livre XIII, Les Amours d'Emily,
Volume 7.

Merci à Émilie Mezergue, qui m'a grandement aidé dans la publication de ce livre.